散文 文

遇见 见

诗

葛水平

·主编

时间都能看见

张奕

·著

山西出版传媒集团　北岳文艺出版社

·太原·

图书在版编目（CIP）数据

时间都能看见 / 张奕著. --太原：北岳文艺出

版社，2025. 5.--（散文遇见诗 / 葛水平主编）.

ISBN 978-7-5378-7085-6

Ⅰ. I227

中国国家版本馆CIP数据核字第2025CE7764号

时间都能看见

SHIJIAN DOU NENG KANJIAN

张奕 / 著

//

出品人
董利斌

选题策划
谢 放
陈彦玲（特邀）

责任编辑
谢 放

特约编辑
王小毅
张 娜

封面设计
王明自

内文设计
华阅文化·壹971

印装监制
郭 勇

出版发行：山西出版传媒集团·北岳文艺出版社

地址：山西省太原市并州南路57号　　邮编：030012

电话：0351-5628696（发行部）0351-5628688（总编室）

传真：0351-5628680

印刷装订：山西新华印业有限公司

成品尺寸：148 mm × 210 mm

字数：156千

印张：8.25

版次：2025年5月第1版

印次：2025年5月山西第1次印刷

书号：ISBN　978-7-5378-7085-6

定价：52.00元

主编寄语

五个人结伙出书，有散文，有诗歌，两种文学体裁的丛书，也是五位作者观察世界、思考人生、感悟生活独特的文学表达。

五人视角，借助情感的昭示，能够体察到天地造化中的灵性，感知曾经的往事风景，于昔日芳华的夕阳系缆，对于往事的痴情呼唤，五位作家以笔为眉，以墨为眼，在文字的世界里秋波流转，荡漾出一个缤纷绚丽的精神家园。

阅读他们的稿件，各自的文字和文学带来的语境是不同的，从散文角度看，一种是历经沧海桑田、气象开阔的，一种是灵魂闪烁着异光保持着诗心的内核。诗歌写作不乏才情和灵气，细腻而时尚的表达方式，文字和语言，一切都像从前，一切都在改变。

在车水马龙的小城，他们过着平凡的日子，但在他们心里，永远都种植着一颗绽放的向日葵，这使他们在人群中被区别开来，他们的文字不同于一般，是底层的、朴素的，又是感性的。

时光年复一年这样消逝这样呈现，因为热爱，他们写书。

（作者系著名作家、山西大学文学院教授、山西省文联主席）

自　序

　　距离上一本诗集《仿佛的清欢》出版已近十年了。十年，什么都可以发生，也可能什么都没有发生。无论何种生命状态，时间就在那里，会听见我们的内心独白，会看见我们的悲欣交集，会在白天粉饰我们的无助和焦灼，也会在夜晚拥抱我们的委屈和孤独。年轻时，生活的细节和小事常被我们忽略，总觉得只有庞大的事物才值得庆祝和纪念，殊不知，当年事渐长，有时候，一朵花、一片云、一首歌、一阵风都会撩拨我们内心的感动。而这份小确幸的安宁和快乐又何尝不是我们人生当中的奢侈品，带给我们静谧的、不事张扬的清澈和诗意。

　　这些年，我第一次经历至亲的离世，那个在身边陪伴了我

　　四十多年的人终于挣脱了他在人世所有的牵绊，用死亡救赎生命的苦痛。父亲走的时候，我没有流一滴眼泪。我曾苦苦哀求、涕泪满襟地要求医生给父亲再插一次管子，我用挽留生命的初心换取父亲艰难地、不能自理地活着。我用我的不舍延长了父亲的无助和孤独。每次走进护理院的病房，虚掩的寂静里，看着父亲寡淡而平静地望着天花板，身体被各种仪器束缚在被床挡围着的病床上，我才理解医生的放弃和我的坚持，事关生活的天平上生命质量和生命长度无法平衡的两难。将近一年的时间，父亲用顽强的毅力支撑他无法行动的身体和流动的思想，而我却在父亲苍白的平静里，将父亲的尊严消耗得干干净净。束手无策的我，只能用一首首诗，让疼痛和思念有枝可栖。

　　这些年，我还游走过一些熟悉和陌生的风景，每到一处，风都会给我带来一些新异的感受。俗话说："仁者乐山，智者乐水。"人在山水之间，往往会变得通透、豁达。早在魏晋时期，中国文人就为我们设计出一款诗酒田园的生活范式，在山水丛林之间安放片刻或者安度余生，寄情山水，俯仰自得。我一直固执地认为，只有"虚度"才能获得生活的滋养，才能从"俗"的现实中打捞"雅"的意境。很多时候，我们生活得过于认真，像一个容器，规范生活的形状。适时出走于规则之外，柳暗花明会拨亮生活，带给我们全新的生命体验，并且找回自己，找到艰涩生活的出口。人总归要老去，站在时间的河流中，欢愉被冲淡，忧伤被冲淡，幸福被冲淡，艰难也被冲淡。时间的意义也在于此，没必要和生活过于计较。与其和生命内耗，不如观其本心，开启一场以诗歌命名的文化漫步。

当然，这些年，还有很多的遇见，邂逅新朋，也遇见故交。除此之外，还遇见心悸、颓唐、失望、惊喜……生命的各种情绪不会因为年龄的攀高而凋零，只是所有的心情归于暗涌，归于静水流深，归于负重前行的时候，仍保持微笑，仍想牵手幸福。无论工作还是生活，希望还是失望，向下生根，向上开花，是人生赛道上的姿态。很多时候，当我们在撕裂中前行，我的同伴是我，我的对手是我，我的导师也是我。在我和我交手中，所有的遇见能够照见我的真实、我的希冀和我的天真。那些给予我鼓励、伤害、关心、呵护和信任的人们，曾递给我诗歌、月光和河流，并为它们镌刻记忆的纹饰。美好的事物似乎须臾破碎，险恶的处境总是猝不及防，唯有触摸这些记忆时，前行的路上就有了力量和温暖的陪伴。被爱抚慰的心灵，总会蕴藉深厚的寂静和安宁。沉默的，或许最热烈；喧嚣的，或许最安静；古老的，或许最年轻；遥远的，或许最亲近……时间容易遗忘，但只要和心灵有过擦痕和交织，都会成为一首诗的诗眼，成为心头的一颗朱砂。每当星星在夜空闪烁的时候，醒来并不遥远，或许在一首诗里就会遇见晨曦。

当把时间倾注在热爱里，一切便有了理由和答案。生命原本就是对时光的一次造访，在此期间，我用心生活工作，用心爱人爱己，从困顿中开辟出一片晴朗，在暗夜里播种下黎明，在忧伤时收获诗意。时间都能看见，虚掩的寂静，风带来一切，并不遥远！我憧憬明天和远方，但我依然选择活在今天的感受里，以心为笔，在一首诗里栖居。时间都能看见，我不希求生命完美、一切顺遂，生活的破绽能让光亮照进现实。我想，我会继续把生命的诗歌写下去，写得再真一点，再美一点……

目　录

第二部分　虚掩的寂静

第三部分　风带来的

第四部分　一切并不遥远

第一部分

时间都能看见

初　霁

○ 所有的醒来，都是
　抹在眼里的朗润
　沁入肌肤的甜

预告有雨，登山的心情变得阴晴不定
无非就是一场雨和泥土的亲吻
无非就是微凉的记忆幻化黛青的烟云
还有被打湿的晴朗氤氲成仙境
走吧，犹豫什么?!

山不在高，有仙则灵
友不在多，贵在风雨同行
可以闲庭信步，可以赏雨听风

花香，鸟鸣，微风，草香
潮湿的台阶，远处的低语

所有的醒来，都是
抹在眼里的朗润
沁入肌肤的甜

初霁，林子里的光影
斜斜地，排列成诗行
厚厚的松针，堆积成松软的降落
唯有木栈道，为我们延伸出远方

用惯的叹息，此刻，掷地的声音
弹跳出水花。如果换一种视角
初霁不仅仅是云开雾散
更是阳光馈赠的醍醐
填满空空如也的我们

庞大的事物如此寂静

○ 月光蘸着泪水
　轻轻地抚摸

庞大的事物如此寂静
比如天空的湛蓝
比如海水的深邃
比如祁连山上游走的云朵
比如青海湖畔绵延的花海

试着从深海中打捞尖叫
从云朵中呼唤泪水
在旷野上放逐呐喊
在深夜里埋藏哭泣

世界广袤，有时候

也只有拳头大小
爱，痛，虚伪，忧伤
各有各的形状
很多副词都能丈量
它们的边际

当他们过于庞大
唯有声音无法穿透抵达
只剩寂静蜗居胸口
月光蘸着泪水
轻轻地抚摸

河　流

○ 让大地深处的忧伤
　流淌在我的脸上

我经过河流的时候
河流也经过我
河流穿过时间的时候
时间也穿过河流

这一次，当我抵达黄昏
河流没有漫过夕阳
却从我的眼里渗出
让大地深处的忧伤
流淌在我的脸上

当时间静止

○ 在能触碰的寂静中
回到笨拙的生命

当时间静止
我可以用一支画笔涂抹眼界和思绪
可以在一本书里观察复杂和简单
可以在一首诗里获取远方
在一首歌里窥见自己

还可以去阳光下捡几串明媚，装饰心情
在阴雨天敲开过往，认领甜蜜或者忧伤
还有在夜晚举杯邀月，饮尽一身的负累

当时间静止，我还想问问父亲，天堂的模样
陪母亲去她的童年，尝尝烤苞米的味道

如果女儿不嫌我唠叨，也可以
去她的头脑里填充一场认知代沟
要么和朋友去影院寻找光阴和眼泪
当然，发呆或者无所事事也是不错的选择

当时间静止，我从深海中上岸
在能触碰的寂静中
回到笨拙的生命

阳光的毒，藏在温润里

○ 这触手可及的远方和俯拾即是的诗句

让时间不忍溜走

裸露在高处
天空倾尽了蓝迷惑我们
满坡的花草从春天聚集而来
如今，它们盛大而热烈
簇拥着骄傲、悲伤、落寞以及美

我和我们在木栈道上走走停停
这触手可及的远方和俯拾即是的诗句
让时间不忍溜走。随手抓住的风
为飘舞的裙裾，绘上流动的夏天

已经很久了，我们丢失了蓝天和旷野

丢失了天真和自由，丢失了松弛的歌喉
和真实的自己。在一方狭窄的空间里
计算着人类的慌张和伪善

一只蜜蜂飞舞着，落在我的手臂
我没有驱赶，更没有躲避
比起尘世的蜜语，我知道它的亲近
和我对天空的仰望一样真挚

朋友们走远了，风也远了
阴影把山的伟岸一分两半
高处的湛蓝装饰了阳光的温润
却无法消解藏在它身体里的毒

裸露在外的脖颈、手臂
被阳光咬得通红通红

望向远处
一道优美的弧线分界出晴朗和阴郁
夜幕就要降临
降落在，我被晒伤的手臂上

我经常

○ 父亲活着时，我经常害怕他死去
父亲死去后，我经常梦见他活着

我经常穿素色的衣裙
我经常听忧郁的情歌
我经常看世间的无常
我经常过无聊的生活

我经常走着走着，就累了
我经常笑着笑着，就哭了
我经常听着听着，就走神了
我经常说着说着，就沉默了

我经常看一朵云驮着忧伤
我经常读一首诗蘸着天真

我经常唱一首歌无限循环
我经常抓一把风再放逐风中

我经常吃着鸡零嚼着狗碎
我经常低头行走抬头看天
我经常在白天束紧笑声
我经常在黑夜放牧心灵

我经常被一件旧物撞开曾经
我经常被一句谎言折了相信
我经常在一滴泪中看见深情
我经常在一束光里瞥见死亡
我经常一边受伤一边爱着尘世
我经常一边遗忘一边生长希望

我经常深陷母亲的皱纹掩面而泣
我经常抚摸女儿的青春回首往昔
我经常想如果天上掉下馅饼能不能吃
我经常想鹊桥上的爱情值不值得等待

父亲活着时，我经常害怕他死去
父亲死去后，我经常梦见他活着

我要向你学习

○ 学你爱一粒小米
学你栽一盆地丁

我要向你学习
学写诗，学画画
学你高贵的热爱
学你热爱的高贵
学你望向远方的姿态
学你随遇而安的恬淡

我要向你学习
学你清澈的眼光
学你言语的光泽
学你从凡俗中采撷的诗意
学你在悲悯中捧出的真心

我要向你学习
学你望着月亮不语
学你默默承受孤独

学你眼眸噙着一滴泪
学你胸腔燃着一团火

我要向你学习
学你爱家人，爱朋友
学你爱一粒小米
学你栽一盆地丁

我要向你学习
学你头发变白
学你睡意昏沉

我要向你学习
学你此生可恋，
相期以茶

刺

○有时候，它隐匿于明亮
让那些久处黑暗的人
畏惧光明

有一种刺，能把事物擦亮
过于美丽的，比如玫瑰
它让美丽不被随便侵犯
过于柔软的，比如鱼
它让柔软不轻易折腰

过于坚强的，比如仙人掌
它让孤独持久地绽放
过于胆小的，比如刺猬
它让怯懦披上铠甲

还有一种刺，化有形于无形

却能将无象迁延于战栗的深渊
有时候，它深藏于言语
让心脏挛缩成一道伤痕

有时候，它隐匿于明亮
让那些久处黑暗的人
畏惧光明

白白的月亮，在我们头顶微笑

○ 仿佛那些清苦的日子
　　在蔓延锦绣

暮春的晚上，白白的月亮
在我们头顶微笑

四周静谧，野草浮动
童年的山村在你眼里荡漾

奶奶的数落轻轻砸在头顶
她的小脚踩着上世纪的清欢
从你的嘴唇飘进我的耳蜗

你的回忆，朴素得没有一点儿颜色
生怕那些带着色彩的词语

凌乱了小村的白月光

可是，你的眼里波光潋滟
仿佛那些清苦的日子
在蔓延锦绣

这是奶奶的絮叨织就的夜色
你陶醉在往事里
我陶醉在你叙述的陶醉里

天这样蓝，我只看见你

○ 你的凌乱和忧郁没有扰乱蓝的秩序
正如此消彼长的痛从未躲闪过生命

天这样蓝，找不到云的讯息
凛冽从你的笑容里提取苍凉
比起满头霜雪
内心的那份纯
才是这个季节独有的色调
你的凌乱和忧郁没有扰乱蓝的秩序
正如此消彼长的痛从未躲闪过生命
这是在午后长街的拐角
呈现的诗意
天这样蓝
我只看见你

独角戏

○ 流动的音乐是她的
　 飞扬的心情也是她的

暖场音乐在礼堂回响
一个小女孩站在舞台中央
随着曼妙的钢琴曲舞动手臂

她指挥得轻灵、优雅
那些令人荡漾的音符
像泛着月光的湖水
从她的指尖流淌出来

女孩对面的阶梯上没有合唱演员
空荡荡的舞台还没有亮起炫彩的灯光
空空如也的礼堂，观众还未到来

只有一排泛光灯，斜斜地
打在她的身上

那时，舞台是她的
礼堂是她的
流动的音乐是她的
飞扬的心情也是她的

人群散去，夜色围拢过来

○ 这群被岁月洗礼的人
被流逝的风击中
用苍翠的笑掩盖内心的潮汐

一屋子的年龄，在酒水里泡出豪迈
他们大声说话，往事不经意就被酒杯碰碎
再重启另一个话题。故事还没讲完
他们就醉了。回忆挤占了小屋

那么多的回忆啊，比酒更容易醉人
这群白发须髯的人。不断地重复昨天
重复曾经的羞愧和荣耀
似乎唯有高频的复述
才能从拥挤的经历中，拖拽出
属于自己的那一支青春

他们不断地从酒里打捞曾经
直到把自己完全浸在酒杯里
那些高光时刻，灰暗往事在荡漾
大半生的梦想也跟着醉了

走出小屋，这群被岁月洗礼的人
被流逝的风击中
用苍翠的笑掩盖内心的潮汐
旧日的歌还在唱着
人群散去，夜色围拢过来

矿工的颜色

○ 直到我们用一粒乌金写下万家灯火
　　暮色中又会升起金色的远方

我们在地下，在巷道里
踩着生活的沉重与火热
相较于世界的缤纷
我们好像只拥有黑色

不过，我们的色彩并不单一
我们有白色的巩膜，有黄色的皮肤
我们的脉管里还有红色的江河

亲人的眼中，涨满蓝色的忧郁
他们经常会掀开绿色的期待
递给我们橙色的拥抱

直到我们用一粒乌金写下万家灯火
暮色中又会升起金色的远方

当我们背靠背站在镜头前
我们有麦色的夙愿
有不加修饰的、褐色的筋骨
甚至也有和你们一样的
不易察觉的，粉色的
羞赧

时过中年

○ 每笑一下，中年就在深长的沟壑中浮现

毕业三十年
四个同学相聚
她们没吃多少东西
却饮了一夜的月光

一个同学把时光埋进皮肤
皱纹里储藏寸寸光阴
每笑一下，中年就在深长的沟壑中浮现

一个同学把时光种在心里
天真从撞破的现实中逐年流失
嘴角的云淡风轻、眼里的万水千山

被月光照得白茫茫一片

一个同学把时光交付于奔忙
在父母、子女、工作确立的平面里
摆渡生存。只有在夜里
抽出所剩无几的孤独
擦拭满面尘灰

还有一个同学，她把时光还给时光
换肾之后，律动的心跳提醒她
活着就好

你还躲在屋里吗

○ 我却在背光的隐喻中，看见
　你掠夺了我的眼神

上班路上，看见一棵树
正挑着一担阳光去往夏天
溅上阳光的叶子透亮如玉
春天在上面不停地晃动

还有很多叶子没被阳光打湿
却也安静、乖巧
像一位等待垂青的少女
它们都是被春风梳妆的孩子

我被这一树春光绊倒
攥在掌心的念，从擦伤的指尖流出

你们那里，迎春花是否铺满春天
你是否，正抵着料峭春风
从案台中捧出一方明净

春天这么好，你还躲在屋里吗
我却在背光的隐喻中，看见
你掠夺了我的眼神

雨　燕

○一滴雨落下，仿佛一个季节的附点
　把春天拉长了半拍

　　　　燕子在空中盘桓
　　　　一滴雨落下，仿佛一个季节的附点
　　　　把春天拉长了半拍
　　　　燕子扇动羽翼
　　　　试图用蓝色的歌喉吟唱

　　　　雨丝把天空挤得那么狭窄
　　　　一根湿漉漉的落羽点缀春天的留白
　　　　那里有轻唤，有离歌，有万水千山
　　　　还有远方才能读懂的迁徙

　　　　燕子在雨中盘桓

它无法说出内心的忧伤
只能把自己搁浅在高高的电线上
用一片铅灰的暮色
谱写一首春天的挽歌

春天在山野忘记尘世

○ 它遗忘了春天的喧闹
  只顾自己静静地白

一

城市的春天戴着口罩
乡村的春天围着栏杆
我信步走向山野
这里的春天干净、明亮
山风拂过
向每个行人出示绿码

二

春天盛大
来不及向山谷宣誓

就已经漫山遍野
我蹒跚着，任凭荆棘塞途
手臂的划痕
裸露春天的新

林间有鸟鸣，有人语
还有漏下来的阳光
这一切，都是城市把春光弄丢之后
失而复得的礼物

三

一对儿鸭子游在四月的河里
如果没有看见它们
我会以为这个春天到处都是慌乱
还有潜伏的紧张
水波轻漾，野鸭悠游
瞬间就拯救了春天

四

我们迷路了，找不到下山的路
杂草倒伏，留给我们一些猜想
荆条时不时绊住双脚
这一定是山野在挽留我们

有人在呼号春天，有人在打探春天的秘密
更多的人醉心于山花似海
春光从眼里溢出来，四处横流

我专注于一株孤独的梨树
它遗忘了春天的喧闹
只顾自己静静地白

五

土壤刚被翻松
地里还残留着去岁的秋天
我们走在上面，双脚陷入泥土

踩着叠加的季节

每个人都像长出的庄稼

有人是刚破土的嫩苗

有人是地里的秸秆

还有人从春天长成秋天

六

我们在山的这头向那头眺望

山谷这么深，这么大

依然装不下整个春天

人们无法带走春天的浩荡

只能挖很多小蒜和茵陈

带回春天的味道

而我一直在寻找一只羽翼丰满的鸟

想把这满眼的烂漫

借它的翅膀

捎给你

七

暮晚的风吹过
春天在山野里忘记尘世
我们即将返回
我们的丛林

保持孤独的姿势

○独自走在岸边
发现孤独向河边倾斜了一下

那么多的汉字，唯有孤独长得最像孤独
那么多的歌曲，唯有孤独单曲循环

保持孤独的姿势，需要不断地望远
却又不停地内省

从人群中经过，周围没有人语
抬头看了一眼，天空只有蓝

直到有一天，独自走在岸边
发现孤独向河边倾斜了一下
河水更清澈了

唤醒静谧

○远方，是不是也在轻唤
　否则，我的影子
　为何被拽成
　一条长长的眺望

　　　一下午，喝茶，聊天
　　　谈爱情，谈老去以后孤独的时光

　　　起风的时候，披一件外衣
　　　独自在田垄间走
　　　将息的槐花，被风吹得沙沙作响

　　　蔚蓝在高处唤我
　　　青苗在低处唤我

　　　鸟儿在树梢唤我
　　　夕阳在天边唤我

所有的轻唤
让静谧苏醒

远方，是不是也在轻唤
否则，我的影子
为何被拽成
一条长长的眺望

我爱这样的孤寂和无人问津的时光

○夜色空旷
　适合放牧我漫无边际的梦想

　　　　　夏天热烈地碰撞过青春
　　　　　每一片叶子舒展畅想和热念
　　　　　每一缕凉风送来舒爽
　　　　　让心思高过天空

　　　　　那时，生活清简而单调
　　　　　忧伤和思念还没发芽
　　　　　藏在短促的快乐下面
　　　　　一点一点向上蓬勃

　　　　　夏风蹀躞过的街道
　　　　　是否还有蛐蛐儿的鸣唱

催促晚归的少年

如今，我常守着夜色发呆
常在孤寂中设计一些片段

如果正好有人来敲门
我想象是风尘仆仆的你
来扫荡我的孤独。夜色空旷
适合放牧我漫无边际的梦想
阴山脚下或者大漠、戈壁
我和你策马扬鞭，追赶蓝天
让呼之欲出的放纵张灯结彩

或者彼此沉默，仰望星空
虚构走失的青春重返我的指尖
满怀深情地抚摸沟壑险滩

夏风吹散鬓发，吹开天地驰骋的想象
我爱这样的孤寂和无人问津的时光

夜晚，用力推开一片晴朗

○ 试着放下诸多晦暗，规整一些灰色的词语
　让它们排列有序，安插在最闪亮的地方

夜晚，用力推开一片晴朗
晾晒失语的白昼，煎烤的某种痛

从我的胸膛里取出一盏灯，不必太耀眼
只需看清发线是否残留雪迹
笑过之后留下的法令纹

想起前些年，在青海湖畔游走
俯仰之间，豪气皆可丈量，温情亦被抚摸
气冲霄汉的模样，令今天黯然失色

这面岁月馈赠的铜镜照着来路和去路

轮回之境注定被一次次快乐粉饰
被一簇簇失意濡染唏嘘

我从不怀疑清晨不会醒来
尽管月光看起来清冷长寂
我还是从暗夜汲取到春光

试着放下诸多晦暗，规整一些灰色的词语
让它们排列有序，安插在最闪亮的地方
或者藏于一些不可言说的隐秘
不那么轻浮，也不那么鲜亮
让倒数的生命落满层次

飞行模式

○ 用这虚空的夜，盛放我
小别于人间的安然

两个小时，什么
都可能发生
什么也不会发生
我从地面飞到天上
和人间暂时失联

人生就是不停地出发，不停地抵达
开始于一个结束，再见又揭开怀念

窗外漆黑，机舱昏沉
这样的空间适合发呆
或者提取过往云烟

缝补破碎的夙愿

很快就会重返人间
重新启动人情世故
接受生活抛来的悲戚和安暖

趁还未落地，闭上双眼
静静地感受飞翔
用这虚空的夜，盛放我
小别于人间的安然

旧　物

○ 搁置的时光折返进胸膛
　擦伤一颗向老的心

翻出陈旧的光阴，凋谢的年华
被记忆擦拭出光泽。露出年轻的底色
目光收留曾经，浮尘扬起那么多挥手的人
经过的路。在跌落的叹息里逐渐蓬勃

搁置的时光折返进胸膛
擦伤一颗向老的心

蒙尘的往事终将归还大地
经过心门的时候
一不小心就迷了眼

隐秘盛开

○在和风细雨的诉说中
完成对封存的破土而出，完成与月光的抒情
和光天化日之下的蓬勃想象

这是一个雾霾轻覆的早晨
我把青春的那点隐秘从纷繁的记忆中剥离出来
那些掉色的往事未曾鲜亮过生命
却依然是年轻和爱的构成

遗忘那么长，青丝覆雪仍不舍青春嫣然
生命的每个驿站，被爱蛊惑的人
都会变成一颗种子。在和风细雨的诉说中
完成对封存的破土而出，完成与月光的抒情
和光天化日之下的蓬勃想象

这是一个雾霾散去的午后
我把最长的白天折叠成又一个隐秘
等多年之后的一个黄昏
缓缓地，缓缓地展开

生命在两极间移动

○我隐约看见晨光尽头
　有一只鸟飞来飞去

生命的两极，活着或者死去
哪一头都拴着哭声
一头是自己的，另一头是别人的

一个秋天的夜晚，生与死清晰地呈现
欲飞的灵魂，和世间的留恋对峙

有一些声音一直在叫
叫着挣扎的醒和苟且的睡

天又要亮了，生与死的命题
又一次被晨曦照拂，被赤裸裸的悲怆

呛出了眼泪

生命在两极间移动
我隐约看见晨光尽头
有一只鸟飞来飞去

你的兵荒马乱从未踩踏过我的温柔

○ 我依然怀揣深情

祝福春天

春天来临，没有往昔撩人
三月的鼓点有些凌乱

温暖还没有大面积铺开
料峭春风却吹乱人间憧憬

沉浮于月色，重温出发的时光
禁闭的心扉关不住满园春色

从寒露采摘的秋夜溢出暗夜
总有潮湿的记忆拍打梦境
拍打新鲜的一天

你的兵荒马乱，从未
踩踏过我的温柔
即使天空敲击霜降的节奏
我依然怀揣深情
祝福春天

癸卯辞

○ 再陈旧的愿望
在新年这天，仍有起飞的姿态

今天与昨天，已换了年份
松开北方的凛冽
奔赴南方团圆的仪式
被雨水吻过的庄稼，生命的长势
让向北而来双眸充满期待

满眼皆绿，大寒退还了大寒
蒙蒙细雨拂过脸颊
时间的南方，轻而易举地
获取了烟柳画桥、风帘翠幕

向暖的人总喜欢草木的青葱

经过枯萎的时间，我意外地捡到
季节的火星

日子从一头滑向另一头
从贫瘠走向丰饶，再从茂盛驶进凋零
初一的每一抹绿色，每一声问候
都是新的。再陈旧的愿望
在新年这天，仍有起飞的姿态

我们这么平凡，这么简单
简单到在一朵油菜花的绽放里
都能看到新年的光华涌出春的浩荡

蔓延的生机已经长出隐形的翅膀
带着我的凝视，去爱这繁复的人间

十之一二

○而我却用那十之一二叫醒自己

　叫醒秋天的早晨

应该有好久了

我们不说秋天，也不回忆往事

更不提那些让人落泪的剧情

我们只是在各自安好的晴天里

把霾卷成一个万花筒

只有在没人的角落

才会拿出来旋转。这朦胧的美

绽放出无数的爱、牵挂、怀疑、忧伤

后来，这些品相不同的花

经常装饰我的夜晚。在梦里

我依然用双手捧着这么多花瓣

看它们飘落成生活的十之八九

而我却用那十之一二叫醒自己
叫醒秋天的早晨

经过暮色

○ 那些在高处的愿和低处的疼
时不时就会招摇过市

有人戳灭烟头
面朝黄昏，吞服惆怅
进入生活的一角
续写昏暗

有人赴一场盛宴
透明的酒杯盛满人情世故
真情与假意觥筹交错
和夜晚碰撞凌乱

有人从"寂色"中翻出过往
轻轻擦拭时间落下的灰尘

有的已经腐烂
有的随风飘散

也有人专注于一弯新月
勾起的诗意
在浩渺的想象里
扬起深蓝的清欢

经过暮色
那些在高处的愿和低处的疼
时不时就会招摇过市
让夜晚回眸一笑
抑或蜷缩成一团比黑夜还黑的黑

把正午铺在地上

○虚空的胃盛不下过多的空虚
用痉挛缩小它的版图

冬天悄悄钻进地里
寒气在一点点长高

窗棂的影
把正午铺在地上
隔着玻璃窗
一首歌的凄婉
填满午日的缝隙

虚空的胃盛不下过多的空虚
用痉挛缩小它的版图

一会儿是小桥流水
一会儿是西风瘦马

在一扇窗的正反
虚掩正午的沉默

又见槐花

○被五月的风，吹成一副

怀旧的姿势

又见槐花
五月的味蕾再次复苏

回忆从一朵槐花里洁白
一双还没长大的眼睛
能收割所有的平凡

那些年，槐花比理想还高
比初恋更纯。童心长出翅膀
落在槐树枝头

这些招蜂引蝶的纯
指认了时间的暖

阳光不停地回收年轮
我仍会在五月驻足
看一树花开

夏天新了，槐花新了
唯独那个站在树下的人
被五月的风，吹成一副
怀旧的姿势

唾沫沫花

○ 胸中藏着山水的远
心里爱着尘世的小

长在山野里的唾沫沫花
从春天走来，是最轻的一朵

在蕊中吐露赤诚
在风中绽开微笑

胸中藏着山水的远
心里爱着尘世的小

她愿意护佑更低的花草
愿意和每一粒尘埃交谈

她从每张稚气的脸庞萃取温暖
把童真装进日记

也把一些虚度安插在日子的末梢
用心擦拭，装饰在生活和梦境之间

她还喜欢在暮晚采撷夕阳，折叠智慧
无论从哪一个黎明醒来
都能捡到清欢的投影

笑

○ 她们的笑容没有一点装饰
比春耕的土壤还要松软

给一群孩子拍照的时候
她们的笑容没有一点装饰
比春耕的土壤还要松软

她们笑得疯癫，笑得狂放
笑得满地找牙
路人经过时，都被她们的笑声附体

这酣畅淋漓的笑啊
仅仅因为，她们从城市走进乡村
从丛林走进树林

乡村的风，把这些孩子
种在刚翻新的地里
她们探头探脑地
在笑声犁过的土地上
发芽开花

生日寄语

○ 我只能用心，一天一天地
载入我的余生

生日那天
一些不合年龄的羞赧
映衬着花的明艳
卡片上，祝福的文字简单、朴素
没有一个形容词
也没有一个生僻字
我却用泪水重新认领它们
这些通用的、常见的汉字
这一天，是送给我的专属动词
可是，它们太沉了
我的双肩包
根本盛不下这份深情
我只能用心，一天一天地
载入我的余生

心倚明月向高台

○ 他们倚着内心的明月
　驱赶凉薄和喧嚣

同一个月亮，只有秋月才能弹拨风雅
月光千里，常把故乡牵引
把秋思落户心房

中秋的月亮在云朵里穿行
一群人在蜿蜒的小径穿行
他们登临一个叫浣心台的地方
去浣洗心境和秋天飘落的清愁

杂草漫过凄清的山丘
没有人知道他们蹚过多少沧桑
只有一颗向月的心依然清澈

月亮在云层里藏匿。在浣心台
他们倚着内心的明月
驱赶凉薄和喧嚣

清风有信，拆开尘封的习俗
扶起倾倒的月色
汇集流转的礼拜和风情

在秋天的怀想里
捧出一轮皎洁的虔诚

朝向夕阳的咏叹

○ 在秋风的抚摸下
　被我们湿润的目光
　送出很远很远

说好了，去湿地打卡
在湖水即将吞没落日之前
我们都没有准备好，接受一场
日落秋水红胜火的盛大

水天相接，渗入晚霞的妩媚
从深秋的凉卷入暮光的画

铺开的残阳
早被白居易诗化千古
如今，我们和凝练的诗意重逢
仍能在时空交错中落下相同的喟叹

芦苇在风中摇曳
因为它们，无限好的景致
生出随风潜入夜的温柔

我们这群立在夕阳中的人
除了向夕阳致敬
还要向岸边的芦苇致意
摇曳的，不只是
秋水长天、落霞归云

这份朝向夕阳的咏叹
在秋风的抚摸下
被我们湿润的目光
送出很远很远

这一屋的静谧，只有你在跳跃

○ 窗外的风声吹亮了静谧
　吹开了我内心的洁白

独坐窗边，我在等我的女友们
粉碎这一屋的清静。我们只剩来日
手里攥着大把即将老去的光阴
臭美、八卦、美食，徒生的伤感
挂在云中的理想……

趁她们还未到来
我怀抱一些隐秘的动词
这些独属于我的词语
会消散在即将到来的欢笑中
抑或藏于更深的皱纹

窗外的风声吹亮了静谧
吹开了我内心的洁白

我知道，狂欢过后
这些蠢蠢欲动的词语
又会在夜半造访
会灼痛我，会照亮我

春天的花椒树

○ 就着清风呷一口太行的春天

路过春天的时候，一棵不起眼的花椒树
用它的香气席卷我的目光
朋友说，用现在的嫩叶裹上面粉做成春饼
春天的味道椒香四溢

我摘下几枚叶子，闻了又闻
香气腾挪，五脏碧绿
春天被熏成一道下酒的小菜

嗨，远方的你，那么会写诗
每句诗里五官立体，感官相通
我拍张花椒树的照片发给你
你可闻到花椒叶的味道
就着清风呷一口太行的春天

心情发炎之后

○ 盘踞在心里的疼
又一次把心的硬度一降再降

连日阴雨，夏天滑翔至一个阴郁的山坡
树叶被洗得清凉，时不时落下几滴惆怅

已经好几天了，心一直隐隐作痛
炎凉，是不需要作出预判的
开始是头，后来是肩膀
一般，快移行到心脏的时候
天气就放晴了

这一次，雨，不见消停
把凉和痛不断地往下输送
最后蛰进左心房不再游移
右心房已被疼痛挤占得没法流通快乐

几十年了，这与生俱来的柔软
一直都保持着疼痛的形状
心情发炎之后，不能触碰
一片雨做的云

敏感的次数多了，阈值会不断提升
这颗心已渐渐地硬朗起来
甚至还能抵抗生离和死别

我也偶有担心，它会不会
被岁月掏空，风化成
一张皱巴巴的皮囊

而这一次，盘踞在心里的疼
又一次把心的硬度一降再降

第二部分
虚掩的寂静

父亲的孤独

○ 嘶哑的声音从电话那头快闪
把夜晚划出一道道伤痕

两平方米的病床
就是父亲漫游的辖区

他每天游猎的地方很远
从老年一直溯回到童年
再从童年返回病床

途中遇到很多亲朋好友
在的，不在的
都在他的脑海里轻轻地来
又轻轻地去

只隔一天没见父亲
他就迷路了。似乎看不到亲人
就找不到回来的路

嘶哑的声音从电话那头快闪
把夜晚划出一道道伤痕

下雨的中秋

○如果硬要从心里取出一片月光
　那就是母亲眼里浅浅的笑意

雨，融化了一年中最圆的月亮
中秋夜，月亮圆在回忆里
圆在护理院父母衰老的荒芜间

这个中秋，雨似时光洒下的泪滴
是秋天抛掷心尖的小刺

如果硬要从心里取出一片月光
那就是母亲眼里浅浅的笑意

我没有像往年一样摆放果蔬祭拜月神
而是把这份虔诚细嚼慢咽送进肚里
喂养心中的那轮明月

院外虫鸣

○ 那时，日子简单
幸福浓稠如蜜
蘸一声虫鸣就能把夜晚搅甜

离开护理院时，天已黑了
庄稼和树绿到尽头
晚风不停地摇晃茂盛
摇落粘贴在时光深处的温柔

我在路灯下伫立良久
虫鸣伏在记忆的草丛
惊醒我的童年

小时候，总要避开大人的视线装扮成熟
父母的呼唤喊破黄昏
月亮从缝隙中钻出来
狡黠地冲着我们微笑

缺心少肺的影子被拉得又长又清

父亲在房檐下挂一盏灯
蚊虫懂得弃暗投明
母亲的絮叨比月光还温柔
夜色如丝绸一样柔滑

那时，日子简单
幸福浓稠如蜜
蘸一声虫鸣就能把夜晚搅甜

如今，听秋虫鸣叫
带出幽深寂静

父母再也没力气呼唤
却用目光砌一所磁场
每次离开时，都吸附我的脚步
每走一步，心就被拽疼

虫鸣仍在夜洞中颤抖
这还是童年的那只蛐蛐儿吗

它的声音明显装了太多寒凉
漏风的时光吹散生活的柔软
只剩秋天，被蛐蛐儿的叫声
抛进我的眼里

南北春秋

○ 真想打包一箱笑声带回北方
　　撒在父母身上

跨黄河，渡长江
穿越崇山峻岭，来到鱼米之乡
婆婆开门相迎。她的笑
比头顶的日头还晃眼
一到长假
她的眼里就繁花似锦

可我的北方又降温了
父母落脚护理院后
生命的四季没有春夏
只有秋冬

看到婆婆脸颊乍现的春光
心情一点点回暖
真想打包一箱笑声带回北方
撒在父母身上

在南方，丝丝缕缕的念仍牵着北方
每次给父母打电话前
总要深吸一口阳光暖热胃肠
多么害怕听到父母的呻吟叹息
瞬间就让我回归秋雨如乱箭之夜

八点半的夜晚

○提着心吊着胆追赶时间
　生怕父母枕着忧郁睡去

敲落最后一个标点，一天的工作
画上了句号。八点半的夜晚
季节的冷酷穿透城市
裸露骨感的现实

护理院的父母，没有按时等到
他们的女儿，倦意或者忧虑
从他们的眼底蔓延到我的脚底

左心房挂着父母，右心室拴着稻粱
就是我的循环系统。生活辛勤的栓子
时不时地让中年溢出鲜血

秋深了。人们在晚风中像落叶一般飘摇
唯有星辰顽皮，它们不懂人间疾苦
冲着如墨的天地挤眉弄眼

我加足马力，奔跑在夜里
提着心吊着胆追赶时间
生怕父母枕着忧郁睡去

中元节

○父亲和一群不相识的人比邻而居
　他们安眠在青山绿水间
　在这一天，等候来自人间的探望

这一次，父亲走得很远
远得看不见一丝尘埃

这一天，中元节离我很近
近得来不及回想昨天的悲伤

天蓝得如此盛大，树木绿得如此葱郁
父亲和一群不相识的人比邻而居
他们安眠在青山绿水间
在这一天，等候来自人间的探望

一个黑衣女人独坐墓旁

眼里挂着悠远
在墓碑前独白

一群人围着墓碑絮语
时有笑声随风潜入
告慰亡灵尘世依旧

一位男士仔细擦拭碑上的尘土
他的母亲伫立碑前
她的表情仿佛今天的清晨，晴朗、安静

侄女写了一封信
她轻轻地铺展，寄给天堂的父亲

偌大的公墓，没有眼泪，没有哭声
只有秋风扬起尘世的愿望
绿色的音符飘荡在湛蓝的天空

留一处空白，等着你来

○ 独坐空室
  等人来救赎我的孤独

父母老得快要缩成一个句号
被岁月蹉跎成生活的卧具

我第一次在没有父母亲的屋子里倒数光阴
第一次亲手为父母贴窗花贴春联

揭下陈旧，去岁的喜乐还留着一个轮廓
手里的窗花美得像我的童年

就剩一副对联没贴了，够不着门楣
但我没有踩凳子。那双爬过峭壁的腿脚
此刻突然变得软弱无力

独坐空室
等人来救赎我的孤独

像一潭湖水等待微风
轻轻地，吹起涟漪

父亲，请原谅我想让您活着

○父亲，请允许我自私一回
　用您辛苦的活换我良心的安宁和慰藉

父亲的咳嗽把夜晚咳得生疼
清晨，母亲搀着父亲
等着我带他就医
父亲和母亲坐在晨光里
像走丢的孩子
小时候，我也是这样坐在石墩上
等爸爸妈妈接我回家

一

门外，一只手被死神拽着
门里，一只手被医生拽着

家属站在门口，像门神一样
试图砍断死神的手臂，把亲人还给亲人

智慧和手段仿佛一对儿孪生兄弟
守在生死界限，阻挡死神进犯
朝向起死回生的目标，让爱助跑

二

一根铁管插进咽喉，撬开生命通路
死神在周围逡巡。亲人无能为力
在泪海里飘摇，用哭声恐吓死亡

医生十指交叉，把父亲的胸口压得很深
似乎每压一次，生命就弹起一次希望
沉睡的父亲，在一条水平线上渐渐被唤醒
乘着起伏的波纹返回人间

三

灵魂重新附着在父亲身上

大梦初醒般。他用无助的眼神抚摸尘世
乞求世间留给他一些舒适

各种管子绑架父亲的自由和尊严
在通往活着的路上勒紧呼吸
好像一松绑，就会泄了这口气

四

父亲不能说话，他用眼睛呼唤亲人
呼唤穿梭的天使
他拼尽气力在纸板上写字
"解除治疗，我等这一天很久了"
他的字迹扭曲如一把电锯
切割我失而复得的希望
我的泪水洇开父亲的字迹
模糊了父亲的乞求

五

重症监护室门外，每个人的表情切换悲怆和欣喜

也有一些人双眼呆滞，游离于尘世

人们不敢大声说话，怕惊动沉睡的死神
死神一旦醒来，不会文质彬彬地敲门
他会破门而入，毫不留情地带走亲人

我始终握着父亲的手，不敢松开
害怕一撒手就是生死相隔

六

昏迷两天之后
父亲的气管和双手终于被解绑
经历四十八小时的云中漫步
父亲的意识仍在云中逗留

辛苦了一辈子的父亲
现在懒得连眼也不想眨一下

我故意当着他的面倒掉半盒剩饭
想听他骂我一句败家子

父亲看着我默不作声
平静地把遥远推在他和我之间

七

父亲说他想回家
我骗他输完这瓶液体就回家

父亲一直抬眼看液体
液体像秒针一样滴答到天明
滴答到他忘了回家

趁着父亲熟睡，我静坐一隅
给漫漶的泪液赐一段流泻的时光
让疼痛替代紧张，捋一捋起伏的胸膛

八

父亲又去云端散步了
让父亲返回人间的办法

只有在咽喉里建一座铁索桥
一头是气管，一头是呼吸机

父亲，一边是安详地死
一边是痛苦地活，您选哪个？
不要把这样的难题交给我和妈妈

九

父亲，请原谅我想让您活着
您只要再痛苦一下，我就还有爸爸

父亲，求您再给我些时日
让我把所谓的忙碌变成陪伴
让我把曾经的懒惰变成勤快
让我把不耐烦变成百依百顺
让我把后悔减掉一半或者更多

父亲，请原谅我想让您活着
给我一次机会
让我买一辆轮椅推着您晒晒太阳

不让母亲搀着您踉跄地下楼
请您再给我讲过去的故事
我会提很多问题，满足您诉说的欲望
您拉了大便的裤子
我一定会洗得干干净净
不再轻易丢弃

父亲，请原谅我想让您活着
我小时候，您对我做的事情
让我对您全部重新来过
喂饭、翻身、教走路
擦洗沾满粪便的身体
……
父亲，请允许我自私一回
用您辛苦的活换我良心的安宁和慰藉

晚　祷

○真希望这次他能吃上亲手做的面条
哪怕是在梦里

父亲和人世的关联
需要一根氧气管儿

他的梦，经常
从两平方米的病床落下
摔得粉碎

这些日子，他总说
梦见在厨房做饭

傍晚来看他，他睡意沉沉
我靠着床沿不敢出声

深长的呼吸拽着我的祈祷

真希望这次他能吃上亲手做的面条
哪怕是在梦里

中年之境

○在背风的地方
　感觉自己
　感觉活着

眼里灌满寒风
所有的事与心事都在飘着
生活上气不接下气
夜幕下的阴影回放白天的颠簸

每个人都在设计日子
不得不臣服于现实的仓皇

魔盒往往在中年打开
单肩挑起勇气和颓唐
爬行在撕裂的路上

回眸来路，万水千山已成沧桑
经过的事砌成一堵高墙
任凭风吹雨打

在背风的地方
感觉自己
感觉活着

写在父亲离开后的第一个生日

○ 那方小小的墓地渐渐浮起
一个温暖的摇篮

今天是我生日
也是父亲百天祭日
庆生的声音仿佛托起
一个转世百天的婴儿

父亲的骨灰在一米见方的墓地里
肉身不知变成哪个姓氏的孩子

无论他姓甚名谁
他仍是我的父亲
但父亲不再是个孤儿
他父母双全，家境殷实

亲人的爱取之不竭

他更不会寄人篱下，衣衫褴褛
穿着时尚的衣服，上最好的学堂

总有一些青涩的目光追慕翩翩少年
成人后遇见母亲或许还有更温婉的女人
谈一场风花雪月的爱情

生一个或几个聪明伶俐的孩子
复制他的五官，却淹没他的才情

他的歌喉不再被生活的烟尘熏烤
镁光灯照着他的飞扬
宏阔的声音震得舞台轻轻颤抖

正直和缜密不会成为他前进的绊脚石
而是身体里生出的一对翅膀
带着他的理想越飞越高

夜晚不只用来伏案疾书

还可以把月光铺满石桌
摇着蒲扇憧憬诗和远方

直到牙齿脱落
仍然能嚼着阳光喂养晚年的安逸
离世的时候，微笑落在眉梢
安详得像睡着一样

父亲的来生在我的生日许愿里缓缓启航
那方小小的墓地渐渐浮起
一个温暖的摇篮

四　月

○父亲连最轻的一朵也握不住
　在四月的早晨，从我眼前静静地飘落

小时候，我只在四月放纸鸢，编花冠
把小女孩的心思叠成纸船漂啊漂

上学时，四月里塞满几何和物理
我困在方程式里，等着下课铃声来救赎

后来啊，四月里长出忧伤和甜蜜
我一边哭泣一边爱

现在，春天的墙角垛满流云和叹息
父亲连最轻的一朵也握不住
在四月的早晨，从我眼前静静地飘落

我只敢揭开一层表浅的记忆

○ 我不想想起父亲

"父亲"这个词语，一碰就疼

父亲节，那么多的诗人都在写父亲
那么多的意象，麦子、田野
沉默以及大山

我的父亲也常常给我输送诗意
贫穷、孤苦、坚韧、勤劳
还有和母亲的战争

他把鲜活和力量、正直和奋斗
给了学校和师生，给了我的母亲
也给了我没心没肺的童年

父亲走后
他的弱不禁风、骨瘦如柴、孤独无助
无法选择的生，无法掌控的死
也完完整整地留给了我
让我的记忆失去了轻盈

我不想想起父亲
"父亲"这个词语，一碰就疼

父亲节这天，在铺天盖地的纪念和歌颂里
我不得不再次揭开一层表浅的记忆
那里有父亲的笑，还有父亲唱的歌

我能忍受的疼痛
仅仅是父亲生前，那些稀薄的快乐

让天使的翅膀支撑冬天的辽阔

○ 每天清晨，我把我隐藏在我里
赶赴一场虚实拼接的人生

确定有比北风更凛冽的风景
比冬阳更虚弱的温暖
蓝天被霾遮掩

很多时候，诗歌无力适应纯粹
但却适应欲念、虚妄
适应波澜不惊下的暗流涌动
和空气流动着些许希望的疼

在人群里
那些表情丰富的人
把最深的寂寞兑换成笑靥

派发给这无常的、破碎的深沉

每天清晨，我把我隐藏在我里
赶赴一场虚实拼接的人生

何时，能把灵魂的清透
和蓝天衔接得天衣无缝

让天使的翅膀支撑冬天的辽阔

送　别

○从此，父亲从人间
　　　　住进我们心里

一

父亲走的那天早晨
入殓师说
不能把眼泪滴在父亲身上
否则他走得不安详

母亲蹒跚地靠近父亲
只哭了一声
就被我和哥哥制止

她用戛然而止的哭声
作别父亲即将远行的灵魂

二

去岁，父亲在重症监护室抢救
被父亲带大的侄女
用气绝的哭声驱赶死神

父亲住进护理院后
每天戴着高浓度氧气仪
和远在他乡的侄女通话

父亲临终时，侄女没有流泪
她用手兜着父亲的下颌
轻轻地对父亲说
爷爷，把嘴闭上吧

三

回家收拾父亲的遗物
一开门，一路沉静的侄女
突然号啕大哭

父亲从我们的泪光里落下

做红烧肉的父亲

缝补衣服的父亲

看新闻的父亲

唱歌作曲的父亲

和母亲怄气的父亲

……

唯独没有长睡不醒的父亲

四

吊唁的人络绎不绝

他们焚香、鞠躬、跪拜

送父亲最后一程

我不断地跪下、起身、致谢

重复相同的动作

每次父亲住院

亲朋好友看他

父亲就会骂我多嘴

不要麻烦大家

这一次，父亲安然地
接受别人的看望、礼敬
一句训斥我的话也没有

五

四月的阳光不温不火
一家人围在一起
等待父亲涅槃

天蓝得没有一条岔路
风怕父亲迷路
把云彩都吹散了

去往天堂的路
畅通无阻

六

生命消逝

肉身仍在抚慰亲人

父亲被缓缓地推入炉膛
侄女凄厉的呼喊
把干涸的泪腺捅出两个泪眼儿

我们看着父亲
在决堤的泪流里起航
从此，父亲从人间
住进我们心里

七

小心捡拾父亲的骨灰
一块又一块，一颗又一颗
一粒又一粒

一块连接胸骨和肋骨的钢板
从骨灰中裸露

火化工问我们是否收留此物

父亲已经长出翅膀
来世再不用这些坚硬的东西
固定他的柔软

八

父亲个子不高
他的骨灰没有填满骨灰盒
只有颅骨完整，未能囫囵装下

命运格外偏袒这个孤儿
从出生就把苦难垫在他的脚下
并赠予他坚韧的外衣
让他看起来风度翩翩

工人轻轻一敲，颅骨碎裂
空空荡荡的头颅
里面没有痛苦，没了忧伤

九

哥哥抱着父亲的骨灰
像抱着刚出生的婴儿

我扫去墓地周围的尘土
就像父亲当年给我铺床

哥哥笨拙地把骨灰放入墓穴
小心翼翼地调整位置
像极了我给刚出生的女儿
轻手轻脚地摆正头位

送别与迎接似乎同样庄严
我看着这方矮矮的坟墓
忽然觉得，这是
一个轻晃的摇篮
在蓄满泪水和祝福的心窝里
摇啊摇

时　差

○ 不知道此时
　天堂是白天还是深夜

今年的最后一天
我给在护理院的妈妈打了电话
给远在江苏的公婆打了电话
给上大学的女儿打了电话

紧接着，给住院的闺蜜打了电话
给亲爱的朋友发了信息
给尊敬的师长送去祝福

爸爸的电话
我犹豫了一下没有拨

不知道此时
天堂是白天还是深夜

母亲的电话

○到了这个年龄
害怕接到母亲的电话
更怕接不到母亲的电话

二十四小时开机
专为母亲开放的绿色通道

母亲的电话向来简单
无非是回家吃饭
姨妈的干儿子来看她
这个伯伯生病
那个阿姨去世

有时半夜或者凌晨打来
母亲的喘息时断时续
无助的声音撕裂夜色

撞击我惊魂未定的心

到了这个年龄
害怕接到母亲的电话
更怕接不到母亲的电话

发　现

○ 否则，他怎能想到
　把那些成熟的秋天
　　晒在自己的窗前

院子里，已有银杏落地
一个怀有草木之心的人
小心捡拾被季节遗落的果实

枝头的葱郁，被秋风吹薄
拥挤的心事变得疏朗
童年在枝丫间明灭可见

寒凉很容易触摸萧索
露出生命的划痕

我只是怔怔望着天空发呆

看着银杏被路人踩成泥浆

那个捡拾银杏的人
他的内心一定比我丰饶

否则，他怎能想到
把那些成熟的秋天
晒在自己的窗前

友　谊

○ 小初的微信头像
变成一树雪白的梨花

小初的微信头像
艳丽得没有一点矜持
无论我怎么劝说
从来不换
四月的一天早晨
我父亲去世了
小初的微信头像
变成一树雪白的梨花

过　瘾

○ 不仅把女儿捧在手里
　还把年迈的母亲也别在心上

小时候玩过家家
我总喜欢当妈妈
不喜欢当女儿

游戏里的妈妈
喜欢约束自己的孩子
不要这样，不要那样
感觉很过瘾

后来，我真成了妈妈
变得得寸进尺
不仅把女儿捧在手里
还把年迈的母亲也别在心上

背上的传统

○ 比社火更悠久的传统
不在广场中央
在两代人的背上

上元节，广场上人潮如海
女儿在父亲肩头看热闹
母亲在儿子背上看红火

这一天
比社火更悠久的传统
不在广场中央
在两代人的背上

微　笑

○ 经过他们时，我朝那位陌生的男士
　微笑了一下

带妈妈来饭店吃饭
隔着两张桌子
一位男士在给身边的老太太搛菜
他们长得很像，一看就是母子

我和妈妈说，他也是没有父亲的孩子
我们看了他们一眼，他们也看了我们一眼
我眼里突然起了潮汐

吃完饭，我搀着妈妈往出走
经过他们时，我朝那位陌生的男士
微笑了一下

布　鞋

　　　　○母亲呆坐床边
偌大的房间，盛不下她的孤独

窗外是春天，是烟柳
是细雨润泽的清明

母亲呆坐床边
偌大的房间，盛不下她的孤独

她从柜子里拿出一双新布鞋
白色的鞋底，枣红的鞋帮
土得掉渣
却是父亲喜欢的样式

我从未见过母亲穿布鞋

她和父亲的硝烟
经常从一双皮鞋蔓延开去

母亲看着窗外，淡淡地说
在她离去的时候
让我给她穿上这双布鞋
去见我的父亲

清明时节

○父亲走的时候没有带伞
不知道那边
会不会下雨

儿时的清明
常把烂漫举过头顶
就像骑在父亲的肩头
伸手就能够着鹅黄色的春天

年少的清明
在陵园里种下一棵松树
把感恩的心情埋进土里
希望和小树一起茁壮

青春的清明
爱情从蓝天下经过

梦想着平凡的自己
生出不平凡的双翼

中年的清明
生活的负累侵蚀快乐
斜倚夕阳
细数时光的痕迹

今年的清明
雨下了一夜
父亲走的时候没有带伞
不知道那边
会不会下雨

墙　影

○影子会被夜色吞没
好像忧伤从未来过

夕阳西下，留不住晴朗
这是一个周末的黄昏
影子映在墙上
透明的光，令忧伤失重

这个年，不知不觉地融化
回忆又一次流淌在时间里

向着远处眺望
让心在父亲的音容里迷失片刻

沉沉暮色

引诱思绪的方向

再过一会儿
影子会被夜色吞没
好像忧伤从未来过

银杏叶黄了

○ 只剩下满腹经纶
仿佛在起草一份深沉的道别

每次来护理院
从未注意到有一株银杏树
直到它被风剥蚀茂盛的绿
黄成一树秋意

明亮的黄
耀眼得如同
父母头上的白发

有些叶子已经卷曲
缩水，只剩下满腹经纶
仿佛在起草一份深沉的道别

第三部分

风带来的

初遇清泉

○如果你递过来的晚霞不那么璀璨
  兴许，我也不会把疼痛落在你炽热的褶皱里

算下来也就停留了半日
写这座村庄，显然力不从心
助力、赋能、振兴、深入……
这么多充沛的、流行的动词
在一眼泉水喷涌的力量面前
依然显得有些单薄

还是用一些朴素的
没有涂抹了胭脂的汉字
码出一棵树、一座庙、一个黎明
甚至还有那些杂乱的街道和鼎沸的人声

说一些陈旧事物，忆一段峥嵘岁月
还有被流光掀开的感动
这都是清泉村赠予我的烟火

如果乡村不那么沧桑
如果人们不那么倔强
如果你递过来的晚霞不那么璀璨
兴许，我也不会把疼痛落在你炽热的褶皱里

但我依然选择聆听和守望
就像一棵古槐努力触碰天空的蓝
就像距离地面一百二十九米深的地层
有深沉持久的等待

别说水太凉，胃太寒
掬起一捧泉水慢慢啜饮

这是我与清泉村初次相遇时的见面礼
只瞥了一眼，便慰我以清润
藏她于心底

苏州印象（组诗四首）

○ 用耳朵触摸它的质地
　故事变成丝绸
　诗词成为一声清脆的鸟鸣

初遇寒山寺

　　从一首诗里起飞
　　再降落在一首诗里
　　泊在枫桥的人
　　用一船失意载着一个朝代的诗意
　　用一首绝句砌出一座古刹的声名

　　今天，我在烟花三月里打捞唐朝的钟声
　　烟柳画桥之上，熙攘的人群
　　将诗意搁浅在喧嚣之上

春水碧绿，载不动当年的渔火
夜半的钟声是否还能划出愁寂的涟漪

客居姑苏的人啊，从《枫桥夜泊》的古意中
只寻到了流芳千古的"寒山寺"

那些散落在平仄里的月落乌啼、江枫渔火
渐渐地，渐渐地
丢失在时光深处

沙家浜

一湖碧水，苇荡高密
绿色和熏风环抱起这片水域

沙家浜，早已从铿锵的唱腔不胫而走

外表旖旎，内心火红
赤焰燎原之势，把湖水沸腾

从戏曲中走来，走进春来茶馆的每个人

都能感受到七星灶的炉火
早已温热了这片土地

这不仅是一片诗情画意的寄居地
更是红色版图上一声铿锵的回响
阿庆嫂的名字，足以让沙家浜
从烽火的锻造中一直火红到今天

如今，这里水草丰茂
苇荡里的心跳还在续写一个民族的气节
许多回忆漂浮在水上
像一团团赤色的疤痕
焊接起历史的尊严和现实的希望

如果你坐在古朴的茶馆里小憩
如果你在横泾老街流连
请一定要接住，迎面吹来的绿风
迢递过来阵阵晴柔
被血色浪漫，高高地举起

苏州评弹

如果有一根丝线牵动喉头
如果有潺潺流水没过指尖
如果有一弯新月勾起温柔
如果有一盏惆怅沁入心肺
用耳朵触摸它的质地
故事变成丝绸
诗词成为一声清脆的鸟鸣
一亩覆在雪地的月光

从海水中抽取所有的钙质
从冰山上采摘一枝雪莲
从春风中提纯翠绿
从夏雨里打捞清凉

用它们调和、罩染这一腔柔软
唱的人从天上滑翔尘世
听的人从人间飘摇云端

漫步平江路

真想这样漫无目的地走
看花墙卷着童话里的烟火
看黛瓦翘起江南的矜持

看昏黄的灯光透出慵懒
看姑娘的天鹅颈美出斜阳

小伙子在路边弹唱青春
晚风把他的惆怅吹进傍晚的眼窝

白屋垂柳在河里继续颠倒婀娜
诗词在岸边等待，泛着幽雅的光泽

河对面的白墙写满斑驳
岁月剥蚀了光滑的肌理
留下一排排侘寂美学

路边的木兰开得热烈

唯有它，把洁白沸腾

平江路的风情远不止这么数笔寥寥
只想把这份陈旧的旖旎寄给你
遣信使骑着白马，日行千里
最好用迫切的心情，缓慢地拆封
要把思想和忙碌搁置
把意义和象征撕碎

只需要从每个字里读出慢和漫
读出垂钓时光的人
被时光垂钓

每一朵荷花都在绽放夏天

○ 借着蜻蜓的翅膀、野鸭的低吟、草木的葳蕤
　从游弋的修辞中打开生态和谐的愿景

荷塘已经接天连日无穷碧了
如果，你从湿地十里风荷走过
穿过夏天的风也被染上粉红的胭脂

世间，唯有这碧叶羞花、天高云淡
才能匹配夏日炎炎里清凉的慰藉

行人在木栈道上走走停停
这悠闲，这婀娜，这满眼盛放的娉婷
轻声诉说着清欢和幽雅
如果此刻，你能虚度，便是最好的收获

从一池风荷中采撷风的颜色
从一枚花瓣中萃取夏的娇羞
从万顷碧波中打捞月的恬淡
从小桥流水中定格你的美丽

每一朵荷花都在绽放夏天
每一片叶都托举城市的梦想
借着蜻蜓的翅膀、野鸭的低吟、草木的葳蕤
从游弋的修辞中打开生态和谐的愿景

取出蓝天、白云、微风、细雨
取出十里风荷馈赠的清词丽句
画意诗情。当然，
古典主义的浪漫和现代化山水的抒情
也在晕染，太行山的风韵

下乡叙事

○ 这一地的活计才是她眼里的春天

一

山村的午后，晴朗，温热
只有山风掠过头顶，掀起寂静

三狗摇晃着身体，在我周围逡巡
他的好奇让我觉得自己像个怪物

走访村户，一个妇女哭诉孙子眼疾没钱医治
又一个老汉说怕过夏天，房子漏雨
年轻人外出务工断手断脚丧失劳动力
……

他们看着我，似乎看见一根有力的稻草

山乡的风吹来，我赶紧低下头
我怕我眼里的羞愧被风吹散一地

二

望向远处，桃花在梯田上粉饰春天
田野在风中寂寞如烟
尚未开垦的萧条写意乡愁
去冬的秸秆把画意陈列在塬上

拿起手机拍照，想把乡间的春天带回画室
大娘看着我的兴奋一脸疑惑
这一地的活计才是她眼里的春天

三

背着两包八成新的衣服捐助
一群人围着月娥让她试件棉衣

月娥的脸像一口发烫的铜火锅

村主任说拍个照片，留下资料
仪式的痕迹洇开月娥的羞怯

四

桂花远离人群，站在一边不言不语
我看她，她就把目光掖进地里

和乡亲们打完招呼，我起身告辞
桂花跟着我，古铜色的脸上生出两片红云

她凑过来说："能不能也给我弄点衣服？"
她拢着口鼻，生怕风声走漏她的秘密

五

瓦楞上的衰草蜷缩成一排静谧
田间秸秆静等涅槃

老人和孩子留守村庄
牙齿咀嚼春天的初暖与无奈

有人扛着锄头游走乡间小路
有人松土，又时不时抬头释放无聊

迎面而来的人错身而过
我不用回头，就知道他们在扭头看我

六

村干部忙着护林防火
忙着解决纠纷，顾不上带我走访

俊生生得不俊，斜着眼说不清话
他热情地给我带路

走在前面的俊生一瘸一拐
跟在后面的我气喘吁吁

只要我把车停在大队门口

就看见他踅过来，似乎在等着我说：

"走吧，带路。"

寂寞空庭春欲晚

○看到乡愁，正在
泅湿春天

不知何时，院落
像掏空的心
我捧不起一掌笑容
花开无主
门墩儿的温度
比一滴泪还凉

草儿每年都在春天省亲
房垣用磨损的手掌
剖开光阴
等待，亲人的抚摸

桃红梨白的梦里
再不见树下身影
春风凌乱，呜咽离歌

我在一只小狗的眼里
看到乡愁，正在
泅湿春天

两小时后平安着陆

○总把盼望和铁轨焊接
把一个个夜晚链接北方
再从黎明取出失眠

从北到南，从南到北
是年尾的悸动
也是年初的惆怅
乡愁和年龄携手膨胀
回家的路越来越憔悴
离别的脚步越来越嶙峋

南方的婆婆
总把盼望和铁轨焊接
把一个个夜晚链接北方
再从黎明取出失眠
取出厚重的喘息

供奉在平安的案台

她的目光，从我们启程
就起飞了
一直悬在被星星点亮的天空
或者迫降到拥挤的高速
抑或漂浮在滔滔江水之上

夜似无限长
江水亦浩然
天空空荡荡
回家的路像一根麻绳
牵痛婆婆的心

高铁鸣笛的这天
天堑变成通途
漫长的旅途被车轮碾压成一阵风

我已看到，婆婆的笑
在两小时后
平安着陆

登百丈天梯有感

○我们的心就是自己的山峰
每个人的远方也许不在终点
而是恰当

天在下雨，我们登上百丈天梯
试图揭下那层乌云，与天为党

俯首的姿势是为了脚踏实地
疲惫的双腿跟着信念亦步亦趋

雨水和汗水湿透意志
一次次把失重的心脏摁回胸腔
不让它困顿于畏惧，流失于绝望
友善的眼神灌注力量
沉重的四肢继续攀缘希望

天越来越近，雾越来越浓
雨水洗刷红尘的泥淖
陡峭的心越来越接近澄明

如果中途折返，也没关系
我们的心就是自己的山峰
每个人的远方也许不在终点
而是恰当

高处不胜寒，风光在险峰
脚下和峰顶的距离
用精神丈量
远在天涯，也近在咫尺

当我们俯瞰来路
湿漉漉的坚持已被雾水包装
隐形的天梯，铺在脚下

白陉古道

○ 只有在亲人眺望的目光里
才会交出柔软和泪水
交出一路咬紧牙关的疼痛

"长亭外，古道边，芳草碧连天"
今天芳草凋敝，天暗欲雨
古道西风瘦马
驼铃声远，马蹄声息
踩踏的印迹蓄满时光，蓄满岁月的疼惜

从春秋延伸而来，穿过春秋冬夏
没有一块石头历经平凡
没有一株荒草不在等待阳光的垂青

时光把嘈杂和繁华洗劫一空
山巅的云雾缭绕苍茫

是谁在洞穴里铺展疲倦
又是谁用烟火熏烤长夜冷寂

梦洒古道
让亘古的风磨砺骨骼
千年之后，长成令人唏嘘的传奇

这如歌的行板，早已裸露悲怆
突如其来的风雨，黯然失色的黎明
苔痕上阶绿，没人能阻止希冀

行走的卷轴，葱茏与枯萎交替绵延
多像七十二拐，只有在曲直间迂回
才能通透起伏的命运

每一个晨昏都暗含生死
每一个灵魂都刻着雪的晶莹

通幽的曲径，幽香不是风景
尽头的那抹烟火色
才能遮盖大山的孤寂

只有在亲人眺望的目光里
才会交出柔软和泪水
交出一路咬紧牙关的疼痛

从低垂的夜幕中捧一拢星光入梦
大地枯寂，仍有家的暖色牵引
一步一步从梦乡走进故乡

印象大禹渡

○ 我按住破膛而出的心脏
　 却按不住汹涌而至的豪迈

一

从通幽小径驶入一片宏阔
时间陈列的苍茫平铺在黄河之湄
大禹渡，这个低调的名字
突然在心里翻腾如海

黄河，从来就不是一条平凡的河流
大禹，也不是一个平凡的名字
他们联袂在历史舞台上登场
注定了大禹渡，不平凡的传奇

李白的黄河
从一樽酒香里开篇千古
王之涣的黄河
将大美和哲理奔腾入海
大禹渡的黄河水啊
蜿蜒出民族精神的图腾

不得不承认，历史的源头
再一次被黄河之水灌进胸腔
我按住破膛而出的心脏
却按不住汹涌而至的豪迈

走进大禹渡
用虔诚托起这个名字
庄严地，把蓄满惊叹和崇敬的目光
洒入历史的烟海

二

在你浑浊的泪水里，看到清澈
在你微茫的暮霭中，感受浩渺

在你寒凉的喘息里，聆听咆哮
在你幽深的夜色中，等待
一首诗的降临

大禹渡，你把灵魂交给母亲
我把深情交给你
我知道，和你的初见
涂抹了一个冬天的壮阔

当你从一种乖戾抵达一种柔情
回望来路，所有的晦暗和韬略
凝练成最长情的告白

等雪花，飘落进你的苍茫
等冷风，吹落所有的枯萎
我还要在返青的季节
看你用暖风分娩出一个赤子

三

望着千年古柏
我想询问你一些久远的传说

听说，你被一个叫大禹的壮士根植于此
栉风沐雨，已长了四千年

蛮荒之地已成沃野
你一定看见母亲治愈了哮喘
温柔地呢喃

你像小草一样稚拙的身体
蜷缩于母亲的臂弯
如今高过山峰的臂膀攀缘苍穹
掠过苍茫云海，茂盛出
一条龙的脊首

周身无法抚平的皱纹
把柔弱颠覆，被嵌入猎猎罡风
岁月磨砺的沧桑在后人的膜拜中
还原宿命中的坚韧
还原绝望中的希望

你擎举着千年不变的誓言，不为炫耀

只为当初根植下的朴素理想
和那些灌满风霜的衷肠

四

视野不断开阔
天空却越来越低
状元桥下的黄河水
收复往日的肆虐
在低吟中交出古老的心事

青山依旧，几度夕阳
当初那个赴京赶考的举子
如果再次夜宿大禹渡
一定会伏在黄河的肩头
撰写一篇浩荡离愁和隔世感言

水依旧黄着黄河的黄
桥依旧悬着悬崖的悬
苍茫茫的云海间
一座桥的两端

飞架起远古与当今

鸟雀迷失了时空
河水放下了桀骜
我也在旷古的传奇里
提取烁今的感言

五

定河神母和天下母亲没什么两样
她哺乳的姿态，温柔了人间烟火

我不忍大声喧哗
生怕惊扰她修炼千年的宁静

她的身体有条河，从不肆虐
满溢出的乳汁源源不断滋养两岸生灵

水波粼粼，那是她的泪
迸溅的恩泽

风波浩荡，狂澜夺命
丰沛的情感软化洪水猛兽
星辉之下泛起动听的黄河谣

她坐在时光里，化身为石
用噬骨的忧伤，雕刻
大写的爱

古巷穿堂风

○看不到日子更新，却看到
新添的裂痕再次剥落苍老的时光

身边都是老友，没有新朋
我们把日子过旧，却一直在寻觅新意

停驻古镇，迎新的风吹过
檐上的荒草、漏风的灯笼
瞥过我们崭新的目光

在荫城老街，岁月剥蚀新盛
上了年纪的宅院落满灰尘
我们挤在"阿那其居""听其自然"前留影
努力让表情蘸满喜悦
似乎只有这样，才能让老街苏醒

大梦落幕前，以为日子越过越新
就像元旦的风，从古巷穿堂而过
吹向颓垣又折返而去

看不到日子更新，却看到
新添的裂痕再次剥落苍老的时光

中科潞安，重构我对深紫外的诗意想象

○ 忠实地记录中国制造的步履
又经常突变出现代化的前景

方寸之间，是人类智慧的巧夺天工
这些被集成的科技
从潞安联通起冬奥会的洁净

它们的基因里，除却执着坚韧的遗传密码
更携带了紫外光的尽心守护（晋芯守护）

这些难以解释的生物特性
不断地复制祖国的梦想
忠实地记录中国制造的步履
又经常突变出现代化的前景

在这里，除了投入敬畏
我们更想保持一种亲近
用你给予的安全，啜饮生命的清洌
并在你的庇佑下，仰望星辰
用这束人造的太阳光
跃入深紫外的蓝海

诗人与故乡
——悼诗人雷霆

○诗歌垒砌的故乡在月光下摇曳
诗人从故乡的诗歌回到诗歌的故乡

官道梁始终静谧如初
滹沱河因为诗人的名字愈发闪亮
官道梁的美，只有他知道
官道梁的春天和他心里的春天契合

他从不说官道梁的美
他只在官道梁上栽种诗歌
一排一排的诗意
蓬勃春夏，温暖秋冬

他用流淌的诗意洗涤风尘
露出幽寂的乡愁和隐秘的疼痛

诗歌垒砌的故乡在月光下摇曳
诗人从故乡的诗歌回到诗歌的故乡

匍匐，伸展
亲吻这片诗歌茂盛的土地
长久地，静默地
没有一丝痛苦的呻吟

城市的梦想（组诗三首）

○ 嫩绿的新芽把现代化的设计举起
把时间排列成崭新的春天

把时间排列成崭新的春天

北方的这座小城，等着我们来爱
我们都知道她的乳名叫上党
她的梦想在起飞之前
每条街道都挥舞绿色的手掌

她把信念、梦想和不顾一切的赞美
献给在这里劳作的人民
也把深厚的底蕴铺陈在祖辈的胸膛
她还经常迸发出诗意
极尽所能地赠予我们落在暮晚的璀璨

让远归的人经常感慨旧日的模样

这里有厚重的过去，也有时尚的现在
更有遥远的风吹过，带给我们欣欣向荣的劫持
我们甘愿被文明掳走，从日新月异的变化里
掘出一个个鲜活的黎明

看啊，明亮的山水在陈旧的土地里栽种信仰
等待那些崭新的遇见破土而出
嫩绿的新芽把现代化的设计举起
把时间排列成崭新的春天

我的眼窝蓄满城市的蓝

已是冬天，所有的遮挡被风吹落
我的眼窝蓄满城市的蓝

从小到大，我就偏爱蓝色
诗歌是蓝色的，初恋是蓝色的
父亲的爱是蓝色的
就连春天，也是萌发的鹅黄

和游走的天蓝调和而成

如今，城市的蓝也跃入眼帘
这深邃的蓝、高远的蓝
身体里面愈合的蓝
还有催促人间美好的蓝莹莹的时光
不仅要自然生长
还需要每个人去灌溉

岁月长久，这蓝色的风
会擦亮城市的窗
映照出云的白、树的绿、人的笑
以及我们越来越壮阔的蓝图

我的眼窝蓄满城市的蓝
这样，就连我陈旧的伤口上
都会覆盖蓝色的记忆

让城市被山水嵌进诗意

灰暗的万物都已折腰

这不是季节的蛊惑。大片的蓝调亮明媚
我难以用那些带着季风的词语
描摹这座城市的温度。我只能
寄托于这里的山水，还原她的美丽

多少年了，她牵引了数辈人的情思
东边的山、西边的水
远古的风、近代的红
让我这个没有故乡的人
甘愿唱起一首久安的歌

这里山水明亮。不同的季节陈述
你会发现，美好每天都在更新
像一首诗词，会随着年龄解出新意
在城市的肺腑，你定会读出清风明月
读出草长莺飞，读出与以往不同的修辞

你会在山间踌躇，在水边浮想
在熙熙攘攘的人群中，发现更多美的诱惑
而我从不怀疑，诗意已经润物无声
从山水嵌入一个城市的名字

在一棵槐树的根须里，抚触乡愁

○ 跪在这里，低到尘埃的灵魂
听到自己的心跳和大地一起颤抖

走了几百年，始终走不出
繁衍的茂盛
大槐树捂着移民的伤口
不断向地下固持

蔓延的根脉交织旧事
抓住乡土，抓住血脉
盘活故乡的音容

枝丫掩映的肃穆
露出岁月摩擦的沧桑
回望和找寻，在时光中不断低头

漂泊的乡音相忘于江湖
却在一株槐树的根部
摸到原初的骨骼

血亲维系的根本
家族的基因

跪在这里，低到尘埃的灵魂
听到自己的心跳和大地一起颤抖

从盘根错节中认领一支
抚触久远的生命气息
抚触被时光和远方聚拢的乡愁

雨天的戏台

○我们都在完成的同时
获得了敬畏
获得了高于尘世的默契

演员们在乡里的戏台上演出
横幅上写着：文旅局送戏下乡
演员们穿着戏服，一招一式
非常敬业

雨丝从天而降
把摆放整齐的椅子打湿
把戏腔稀释成一片萧瑟
湿漉漉的地面映照戏里的光彩
震耳的锣鼓敲着空荡荡的广场

戏一开腔，八方来听

一方凡人，三方为鬼
四方神明
完美的谢幕从眼里一直演到心里

就在一个月前，我曾梦到父亲
他说他在那边挺好的
就是遗憾吃不上一碗干净的面条
不善烹饪的我
还是细心地做了一碗面条
供奉在父亲的墓前

雨天里的演员们
面对空无一人的观众席
认真地唱念做打
他们和我亲手做一碗面条的心情
也许是一样的

我们都在完成的同时
获得了敬畏
获得了高于尘世的默契

路上，让孤独犒劳自己

○夜色铺开空茫
容我一席静卧的时光

身披夜色，我在疾驰的路上放空自己
掏出伪装、忧伤、记忆、牵挂……
用静默抚平静默

纷乱的白日洒了一路
倒退的风景辨不清色彩

又要回到熟悉的环境
又要敷一张面膜
遮盖尘世雕塑的表情

在生活的夹缝里努力让自己复原

回到不再用静音掩饰哭声
回到笑容里没有一丝牵强
回到饿了就吃困了就睡

真想让旅途长一些，再长一些
让这颠簸的孤独犒劳自己

夜色铺开空茫
容我一席静卧的时光
空空如也

三月桃花始盛开

○ 蛰伏一冬的心，被春风
吹得落英缤纷

三月的桃花，美得那么低调
它们催醒春天，又被春天淹没

寒冷已被春风逼退
桃花在崎岖的山路上
抖擞出初春的俏模样

一群人逃离城市，放弃舒适的温床
在山里穿行。没有一块石头顺从于春天
犬牙交错噬咬初春的崎岖

桃花开得热烈。一簇簇花蕊表白春天

其实在城市的街道，也会有桃花红杏花白

行者无疆的人啊，偏要去山里觅春
不是山里的桃花比城里艳丽
而是这颗朝向春天的心
先于春风驰荡

上山下山都不是轻而易举的事
这些尖棱利角，时不时碰伤行者
荆棘塞途，常常划破春的小确幸
可是他们无惧疼痛
还说这是春天吻过的瘀青

一路欢声笑语
眼底的桃花，载着人们的喘息
蛰伏一冬的心，被春风
吹得落英缤纷

泉眼有声

○我们在此，和春天的进行时

依然有神灵触摸头顶

顺着流水声而往

我们俯下腰身，问询泉的来处

泉眼只用清澈的水流作答

至于它的母体、它的名、它的先祖

无非就是这晴朗之下的重负

这深邃之中的流年

又何必一探究竟呢

草自有它的葳蕤

花自有它的芬芳

而泉自有它的眼睛

凝视芳草萋萋的春天

想必再一次来到东峪村
这孔泉眼依然会坠入春天
而我们在此
依然有神灵触摸头顶

否则，这归去来兮的停留和静默
怎么会盈满我的眼睛
像泉眼一样，重复淙淙的歌声

石　头

○ 它的粗粝划伤生活的温软

石头是石头的时候
被躲避或者被丢弃
像一堆生锈的破铜烂铁
风对它们也无动于衷

石头常被孩子们脆生生地唤起
它状如拳头的形状
常和剪刀、布一决高下
输赢都是一枚清亮的童年

阔别洪荒之崖
石头被打磨成艺术、文化、性情

石头改名换姓妆奁平凡
通透之灵成就君子声名

石头还是石头
被山里人砌成房屋、围墙
它的粗粝划伤生活的温软
垒石头的人弃它而去
只剩一屋荒凉

观赏石头的人纷至沓来
却看到石头上用美术体砌着
柳暗花明

第四部分

一切并不遥远

如果你爱了

○ 那个人就是前世的你
  在今生和你相遇

如果你爱了
那个人会平白无故占领你心房
甚至容不下一片树叶
除非那片树叶坠落在你们的邂逅

如果你爱了
那个人总是不分白天黑夜
在你眼前晃来晃去
不管是疾驰在途中
还是漫步于茫然
直到你枕着他（她）的名字沉沉睡去

如果你爱了

那个人轻而易举就可伤你
再不费吹灰之力收割你的矜持

如果你爱了
那个人会捣毁你筑起的高墙壁垒
横冲直撞掳走你的誓言

如果你爱了
那个人会远程操控你的喜怒哀乐
一个助词都能让你浮想联翩

如果你爱了
那个人会突然出现在你面前
没说一句话，你就泪流满面

如果你爱了
那个人会打捞藏在你心底的忧伤
然后放在他手心
缓缓地融化成一缕温暖

如果你爱了
那个人会缝补你的支离破碎

还会在你心里种下爱的种子
让生活的热望纷纷萌芽

如果你爱了
那个人会珍藏你的平淡无奇
在阳光下晾晒你的丑模样
一起消磨生命倒数的时光

如果你爱了
那个人会把你变成一名超人
一个弱智、一个信徒、一位勇者
也有可能是一只绵羊，或是一匹狼

如果你爱了
那个人还会把你变成母亲或是父亲
女儿或是儿子
老师或是学生

如果你爱了
那个人就是前世的你
在今生和你相遇

如果，你的梦虚掩

○我会捡起梦里的一片月光
在上面写一首关于秋天的诗歌

如果，你的梦虚掩
我，会悄悄而入
晚风吹拂夜色
梦，轻轻地摇晃

我会捡起梦里的一片月光
在上面写一首关于秋天的诗歌
是的，是秋天
不是春天，也不是夏天
只有秋月漾起的诗意才会如此皎洁

诗不会太长，也不会太短

它刚好能覆盖你的梦境

夜深了，梦也深了
静谧在流动
就这样把内心的涟漪存放到黎明

在你醒来之前
我把温柔滴进瞳孔
这样，我看你的时候
你沉睡的模样宛如婴儿

也许，我终究无法与你相见

○但我始终能辨认出你头顶的天空
是深蓝还是浅蓝

我曾经捡到一个清浅的遇见
那天，阳光比现在妩媚
草叶还在挽留夏意
一场漫长的相知酝酿在路上

我经常在白天将自己折叠
在夜晚又打开自己
为了让你的影子舒展
听遥远的你叙述你自己
还有因为你的名字弹起的缄默

沿着必经的苍老

我们的叙述已变成倒叙
那份清浅的遇见依然泛着秋的晴朗

我已经忘了你怎么转身
我又怎样隐藏起我眼里的风暴
但我始终能辨认出你头顶的天空
是深蓝还是浅蓝

也许，我终究无法把这份遇见归还你
但总有一个方向，我一直
捧着失物，用来眺望

骤雨初歇

○ 自然和内心衔接得天衣无缝
　　瞳孔溢满尘世的水墨丹青

乌云压顶，风雨欲来
凌空的重彩一点一点蚕食明亮
黛青色的苍穹提前触摸幽暗

独坐空旷
凝视飘摇的黄昏
自然和内心衔接得天衣无缝
瞳孔溢满尘世的水墨丹青

风雨洗涤的安静裹着淡淡的忧伤
一曲新词泛起浅浅的墨色

风停雨驻
掏出内心的糅杂塑造傍晚
一弯新月划开沉郁
陷落的天空重新升起

除了孤独，我还享受孤独

○ 未央的夜色
复制以往和未来
延续一个蓝色的梦境

爱上暗夜，爱上尘世的静谧
这里听不到鸟鸣，更听不到城市的喧嚣
只有月光的奏鸣落在心间

孤独如此广袤，覆盖生活
和泊在夜色的心
白天的忙碌、纷扰被剥蚀
一点一点露出隐匿的心事

你占据羸弱的心脏，像一扇瓣膜
开合往事。未央的夜色
复制以往和未来

延续一个蓝色的梦境

此刻，除了孤独
我无法捕捉更多的情绪
在孤独里溶解又结晶
走失又分泌。享受
它带给我，那些小小的清欢

笑着笑着就哭了

○因为涂抹了诗意，我才能把
　　　这份行囊举重若轻

从一场诗意的旅途进入夜晚
我没有毅力关闭眼里的留恋
相较于暗夜，有一种倾吐更为深沉

我知道，有比狂欢更寂寞的释放
我也知道，嘈嘈切切错杂谈
总会随暗云飞渡到天之涯

我的旅途，牵挂总是最重的行囊
拆解开最隐秘的一层
困顿、欲望、骄傲、快乐……
加起来都没有一寸牵挂更重

它常常压得我泪水横流

因为涂抹了诗意，我才能把
这份行囊举重若轻
才能在一群沸腾的人当中
成为笑出眼泪的一个

走得越远，行囊越重
总是走着走着就笑了
笑着笑着就哭了

直到皱纹爬满光阴
我始终用笑声抵抗孤独
再用泪水擦拭疼痛

让我的行囊掖着风的四角
无论行至何处，都能感受到
被风鼓荡的牵挂
罩着逆风而行的寒冷
罩着一路颠簸的快乐和忧伤

窗台上的黄玫瑰

○我开始练习向远方眺望
重新站立姿势，重新爱嘈杂的人间

窗台上的黄玫瑰，已褪尽娇艳
像一位老人，只剩一把年纪
和藏在皱褶里的回忆

那天在山里
黄玫瑰沿着崎岖的想象
追着步入秋天的年龄
挑开心里的蓝

我开始练习向远方眺望
重新站立姿势，重新爱嘈杂的人间

在一团迷蒙的雾霭里
翻山越岭的黄玫瑰
挽留了生命的柔软
挽留了时光的温柔模样

即便光阴抽干水分
它始终在我的窗台
不加修饰地，把一束期望
聚拢在我的春天

总有一些声音会挑亮黎明

○ 保持一种感性的力量，抵抗麻木

走失的季节，许多憧憬拒绝萌芽
心墙上的阴影，为那些闪烁的回忆写下悼词
窒息的月光淘洒憔悴
在深度自由里摆弄几根硬骨
把夜晚敲出泪水，敲出紫色的瘀青

暗夜摆放深井，沉溺其中
没有什么时候比现在离孤独更近

往事清点冷暖，凿开的疼痛
掩埋白天的坚忍

倾听远方，总有一些声音会挑亮黎明
保持一种感性的力量，抵抗麻木
抵抗僵硬的城市里
那一声匆忙的告别

落满动词的夜

○ 灌注了生活负累的动词
浸泡了温馨浪漫的动词
纯色无法构成它们的内涵

一天的动词花色纷繁
分属白天与夜晚
白天的动词衣冠楚楚
单调、机械、快速
距离恒定。经常戴着口罩
飘游在缄默的心灵之外

夜晚的动词妖娆无序
丰富、空灵、缓慢，跳进跳出
散落在心室的各个角落
并常在夜色里裸奔和呐喊

那些轻飘飘的形容词
修饰一天的动词
总显得力不从心

灌注了生活负累的动词
浸泡了温馨浪漫的动词
纯色无法构成它们的内涵

深沉的情感、蓝色的憧憬
甚至灰色的经验
经常将夜晚荡来荡去

当一天的动词簌簌落下
夜空升起皎洁
升起一个清澈的灵魂

写在上元节

○你，不在身边
这桥就美成了寂寞

喧嚣已在光年之外
这里只剩时光

星子顽皮，拍遍栏杆
在木栈道上轻轻走过
步履轻叩夜色，洒落一地静谧

夜色阑珊，抽离节日的虚空
幽静将我搁浅在尘世之外

月光编织的梦境向远处延伸
像人间通往银河的桥

你，不在身边
这桥就美成了寂寞

寻找地平线
—— 一次写生后的思考

○ 总是在没有界限的语境里迷失天地
在天地混沌的时空找不到北

寻找地平线，远山、天空、云朵
辽阔无边的孤独、空如大海的寂寞
折叠在视野之上，仿佛要走很久很久
在天和地接壤的地方，才能触摸风景
望尽天涯路，抵达比遥远还远的远方

地平线之下，有接近我最平凡的宽阔
驳杂的树木和延伸的小路
尚存体温的座椅和一丛丛返青的春天
月下独酌的静谧、绕树三匝的思量
从树枝间漏下的阳光点染晴朗

总是在没有界限的语境里迷失天地
在天地混沌的时空找不到北

寻找地平线，就像寻找人生的坐标
在若隐若现的秩序面前
上天入地，都显得诗意丛生
让不完美的人生况味变得错落有致

在津的最后一晚

○ 告别原来是一个忧郁的动词

夜凉如水，暮秋的风吹来萧索
海河边浮泛着绮丽和陈年的疤痕
我把一些复杂的情绪摁进眼眶里
摁在幽暗的寂静里

窗外有隐隐的汽笛，响着过往的点滴
我侧身闪过这座城市的傲慢和繁华
想在星空的耳语中感受夜色的柔软

夜深了，和明天越来越短的距离里
还是有些依依不舍潮湿了暗夜

一直以为告别是一个完成
也是一个开始，直到在津的最后一晚
我才知道，告别原来是一个忧郁的动词
为何，我的夜里涨起蓝色的大海

晚来天欲雪

○ 只剩下简洁的白被风扬起
再缓缓地降落，没有一丝痛苦的哀鸣

只有天收容这无边的阴郁，顺便还有我
还有我不修边幅的沉默
时间生发的色彩已经褪去热烈
就连天空也收起想象，压下重重的心事

落叶旋转枯黄的身子
用飘零的姿态，完成对时光的谢幕

裸露的枝头挑开冬的苍茫
寒凉乘虚而入，让所有赶路的人裹紧衣衫

晚来的风不停地晃动从前，那些静默的风景

和不可触及的远方
总有一个先于泪水抵达内心

空旷需要粉饰，就像内心的隐秘
和广袤的孤独，需要一场雪覆盖
只剩下简洁的白被风扬起
再缓缓地降落，没有一丝痛苦的哀鸣

身陷秋林

○ 我内心的驳杂已如盐碱
　 生长不出这份烂漫

只需折一缕阳光搅拌林海
秋天的金色就泛滥了
我只取一滴，滴入瞳孔
我的视野就灿烂了

绿色作为春天的代言，自然无可挑剔
可置身于鳞次栉比的黄，我依然恍惚
接近于凋零的生命仍在闪烁光芒
这不是寒露霜风就能瓦解的信念
更不是淋漓秋雨就能熄灭的燃烧

深陷于这场秋林编织的童话

低到尘埃里，也不能抵达秋天的土壤
我内心的驳杂已如盐碱
生长不出这份烂漫

除非我是一枚落叶，即便痉挛皱缩
也有触摸大地的脉络
也有零落成泥的皈依

滤过所有的光鲜，所有的荼蘼
还有春风吹醒遗忘
将这满地的树叶再次挂上枝头
轮回成一树金黄，纷扬深秋

中年的年

○仿佛中年之后
　每个新年都是上天的恩赐
　每个春节都是对生命的检阅

不知从何时
所有的节日都长出皱纹
烂漫的笑声泛滥时光的苍老
弯腰驼背的现实
已在床前打着吊瓶

左手编着马尾
右手梳着白发
中年的卷发棒卷着操劳
把生活烫成上有老下有小的模样

积存一年的疏离与辛苦

或者还有思念和怨怼
都在三十这晚
用一桌味蕾上的乡愁咀嚼团圆

小心翼翼说话
一些灰色的甚至埋在土里的词语
似乎颇易被谶语吸收
仿佛中年之后
每个新年都是上天的恩赐
每个春节都是对生命的检阅

再不用为了偷懒而捂着胸口蹙眉
儿女攥着粉白的拳头
轻轻敲打在不再挺拔的肩背

隔窗的蓝

○连我的目光，都被浸透成
　蓝色的远方

在屋里看书，嗅着文字的香
抱着孤独、清寂和奢侈的闲适

看久了，隔窗仰望一会儿蓝天吧
隐约听到呼啸的风

因为风，冬天蓝得惊心动魄
也因为隔了窗
冬天，才蓝得温暖
蓝成诗行

连我的目光，都被浸透成
蓝色的远方

一缕微风

○ 这就是我，使尽洪荒之力后
带给你的，蜻蜓点水的问候

你在北方之北
和我正在进行一场时空对话
已经许多年了，我们
没有触摸过同一片蓝天
更没有一次意外的遇见

可我依然扑扇着隐形的翅膀
想通过类似蝴蝶效应的原理
让你感受到来自北方之南的一场飓风

你感受到了吗？或许只有微风拂面
或许，风轻得根本连一份薄薄的呢喃

都无法掀开
这就是我，使尽洪荒之力后
带给你的，蜻蜓点水的问候

夜雨寄北

○ 就让我用这份温柔
吹开你心中的花

一

昨夜暴雨，闪电劈开的黑
让暗夜涌动冷艳的"寂色"

风雨如晦是说给在暗夜赶路的人
你却独爱这份风雨的狂草
在天地之间恣肆地挥洒
风之笔、雨之墨

纵使寂寞开成海
你仍选择在湍急的夜色里飘摇

赢弱不是生命的过错
只是风雨人生路的必经之路
或早或晚。一棵树种在心底
每次风雨侵袭过后，枝叶愈发闪亮
此时，夜被洗得发亮
你，也被洗得发亮

二

窗户开着，阳台门开着
风不管不顾地闯进来
像个强盗，吹乱夜的宁静

我也想成为风一样的强盗
长驱直入闯进你心里
用它十分之九的力量
吹散你心里的霾
吹跑你身上的愁
吹灭你身上的痛
吹干你眼里的泪

如果，风吝啬地，只赐予我
十分之一的气力
就让我用这份温柔
吹开你心中的花

我的最人间

○ 最人间的风物也许从来不会大张旗鼓
　总是低沉地击打静默或者喧嚣

你说，人间至美不可能寻遍
可这羸弱的双足，在促狭的空间里
总想走进美和奇迹
比如今天下午，我抬头看天
看云层漫过天际，和你那里的天遥相呼应
好像我们抻展的天空，悬挂起蓝色的憧憬

你说，人间至文不可能写就
可我依然会抬高视点，捕捉灵感的光源
并捡拾细节和片段，链接起酸甜苦辣
无论哭泣还是欢笑，都蘸着玫瑰的色调
任凭时间的风雨浓缩成一串省略号

在和生活对峙的远方，仍能存放梦想和悸动

你说，人间至曲不可能听尽
可我仍会将阳光落在草地的声音单曲循环
把夜色覆盖下奔腾的喘息放进收藏夹
用这些窖藏的原浆，在一个虚度的午后
斟满你的酒杯，撩拨万古柔肠
醉卧红尘君莫笑，饮尽有限的时光
回味无穷的爱与哀愁

世间仍有很多至纯至真至情至性需要开采
最人间的风物也许从来不会大张旗鼓
总是低沉地击打静默或者喧嚣
就像写这首诗时，流淌的清欢
没有任何准备和蓄谋，却是我
行走半生的人间至味。悄悄降临

顶　风

○ 我们顶着风不敢说话，生怕一开口
　就成了流言飞语

北方的冬天
无疑是一场凛冽的修行
小雪节气未见雪
却有刺骨的寒冷，切割
一息尚存的温暖

阳光、树叶、蓝天，匆忙的行人
风卷着这些明亮的事物
用凄厉的呼唤撕扯假象
我们顶着风不敢说话，生怕一开口
就成了流言飞语

飘

○岑寂在飘，夏意在飘
白裙子在飘
存着墨迹的心思也在飘

云青水澹，烟雨跃跃欲试
风吹凉城市的喧嚣
坐看风云变幻
黛色诉说苍茫和即将到来的暮光

有些情绪适合在欲雨的天幕下铺开
从眼里满溢的沉默不是金
是欲言又止的隐痛

远处的围栏切割了绿的整饬
因为有层叠的乌云打底
这片不太完美的画面尚存诗意

空旷从脑海里浮出
我看见
岑寂在飘，夏意在飘
白裙子在飘
存着墨迹的心思也在飘

因为大海（组诗三首）

○只需一个静默的姿态
你的凝视就把波澜遣送在沙滩之上

当你面朝大海

当你面朝大海
所有的纷扰不及一朵浪花更真实
开也汹涌，碎也壮烈

夕阳就要跳入海里
在海里燃烧壮阔
你极目远眺
透视晚霞在海平面皴染的梦境

海风始终带着远古的气息

滟滟随波千万里
吹拂你的鬓发，扬起
瞳孔里的那抹寂静

澎湃的力量常席卷青春
此刻，海面轻漾，波光闪耀
多像跋涉后回首来路
风雨都是用来致远的洗礼

面朝大海，辽阔浩渺更接近遥远
只需一个静默的姿态
你的凝视就把波澜遣送在沙滩之上
海螺搁浅，海鸥盘旋
起伏的海浪一会儿就擦掉走过的痕迹

水　手

春天的名一向温暖
甚至看到春天两个字
内心就朗润起来

因为你，这个春天过早地苏醒
惊蛰未到，蛰伏在心里的春天蠢蠢欲动

那天，你穿着一件海魂衫
搭着阳光的肩膀散步
你迎风而笑的样子
抛闪羸弱的昨天
忘却了提心吊胆的明天

我愿意相信，你眼里的明媚足以抚慰风尘
我始终相信，你上扬的嘴角是一艘生活的船
我终于相信，希望只有从心升起
才能飘扬成一面春天的旗帜

你就是一名水手，把希望驶入大海
再把春天涌进我看海的方向

听见哨声，就像大海淹没我的早晨

在海边
晨曦被大海吟诵出潮声

三三两两的人群
捡拾海天遗落的赭石色

小时候，一直想看看大海
《大海啊，故乡》
在童年就雕塑了海的雏形
直到现在，人们仍在旧旋律里
翻唱曾经荡漾的情怀

一声口哨，把我推入海边
湿漉漉的旋律
再一次把大海叫醒
把看海的心弄湿

熹微的霞光倾洒在枕边
多像大海，淹没了我的早晨

又见小雪

○ 我始终没往后翻
一直让雪在小雪里下着……

又是一年小雪
又到了蘸着雪花写雪的日子

未见雪落，西风吹冷等待
仍有人望月怀远
望自己的前世今生
和一场雪的约定

光阴碰撞的温度弥散冷暖
好像你似是而非的笑和哀愁

雪依然比小雪节气晚了一步

可额头不知何时已有雪的痕迹
月下的叹息也不比一片雪更凉

床灯如豆，照着一方清寂和无眠
翻开诗集，停留在小雪这章
再往后，是大雪、冬至

我始终没往后翻
一直让雪在小雪里下着……

黄昏，总有一些温暖不期而遇

○总有归人提着光亮向夜的方向走来
也总有温暖不期而遇

白天与夜晚交会
寂静总显得特别仓促
没有更多的夕阳无限好
只有落下来的苍茫覆盖素履

一些人或者事总是在这时候出现
好像隐喻一天的获得或者失去

黄昏一点一点落下
直到把所有的光芒隐藏
总有归人提着光亮向夜的方向走来
也总有温暖不期而遇

比如路人买下小贩剩下的果蔬
比如公交车停在站台
等待一位蹒跚而来的老人
比如远方忙里偷闲的问候

多像一双宽厚的手掌，抚摸内心的秋天
给孱弱一份托举的力量
让不知所措的消逝找回心的温暖

数年之后，我依然记得那天早晨

○你的笑，掠夺了蓝天，掠夺了山崖
掠夺了我看你时的平静

骤雨初霁
云彩把记忆挂在天空

山里的鸟鸣唤醒晴朗
我们也学着鸟儿放飞哨音
清脆滑落，开怀弹起
蔚蓝的长音划过晴朗

很多时候，当我坐在生活的背面
用泪水浸泡暗夜的灰烬
你与乐观携手奔跑的样子
常常馈赠我一个鲜活的黎明

数年之后，我依然会想起那天早晨
你的笑，掠夺了蓝天，掠夺了山崖
掠夺了我看你时的平静

直到今天，见过许多如画风景
都比不上那天早晨
看你时的美好

触摸远方

○ 我坐在枕木上，就仿佛坐在了远方

阳光斑驳，落叶铺满秋天
淡出喧嚣，走进铁轨交错的荒原
用意念完成一次和远方的对接

时间落在铁轨两侧，从不言说过往
只把心事放逐风中，结成锈色的云烟

我的想象比铁轨延伸得更长更立体
在目光不可及的地方
有一抹蓝比秋天更高，比远方更远

这些年，远方是一个用旧的词语

却始终暗含新意
像一朵司空见惯的云，游弋在天边
我经常在苟且垒砌的围墙里凝视它的飘逸
想象远方是一首举重若轻的诗篇

在轨道上发呆或者行走
无疑是这个午后最惬意的虚度
我坐在枕木上，就仿佛坐在了远方

黄昏放牧

○ 在停车坐爱的黄昏里
放牧自己

没有比停车坐爱的黄昏更好的时候
树叶漫不经心地晃动
很多时候，我把自己留在车里
把车停在黄昏，把黄昏铺在疲倦的身上

像陡峭的心终于告别陡峭
迎来平坦。和孤独相遇

我服从于这短暂的静默
心生欢喜。有足够多的叹息、感动
寄存于匆忙的过往
等待它们的宿主抚摸或者凝视

我喜欢这样的时刻，不用遮掩流泪
拿出一天的二十四分之一
安放我的痛苦或者欢欣

那是我把原生态的我
从心里一点点抽出
在停车坐爱的黄昏里
放牧自己

九　月

○记着，还要取下樊篱上的红玫瑰
　　换上窗台上的白月光

九月，时针转得更快了
我没有奔跑着追赶，却放慢脚步
抬头看天。秋天的节奏
应该是流水淙淙，歌声袅袅
风儿轻轻地掀起书页

当然，想小跑几步，也未尝不可
那就踏浪捡起一枚紫贝壳
或者在晚风中舞动一条红纱巾
这都是九月里流动的风景

如果老之将至

那就更应该抚平内心
用一把平淡的梳子
梳理时间的仓皇，让白云苍狗
兑换成一条河流
润泽甘苦自知的生命

九月，还要打开一扇虚掩的门
放逐生命之外的东西
清扫一下心境
让那个原本的我进驻心里

记着，还要取下樊篱上的红玫瑰
换上窗台上的白月光